Todo el mundo
viaja

J. Jean Robertson

rourkeeducationalmedia.com

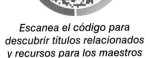

Enfoque de la enseñanza:

Mapas: Localiza los mapas con códigos de colores en cada sección. ¿Cómo te ayudan los mapas cuando lees acerca de diferentes países? ¿Qué diferencia hace la codificación del color?

Antes de leer:

Construcción del vocabulario académico y conocimiento del trasfondo

Antes de leer un libro, es importante que prepare a su hijo o estudiante usando estrategias de prelectura. Esto les ayudará a desarrollar su vocabulario, aumentar su comprensión de lectura y hacer conexiones durante el seguimiento al plan de estudios.

1. Lea el título y mire la portada. *Haga predicciones acerca de lo que tratará este libro.*
2. Haga un «recorrido con imágenes», hablando de los dibujos/fotografías en el libro. Implante el vocabulario mientras hace el recorrido con las imágenes. Asegúrese de hablar de características del texto tales como los encabezados, el índice, el glosario, las palabras en negrita, los subtítulos, los gráficos/diagramas o el índice analítico.
3. Pida a los estudiantes que lean la primera página del texto con usted y luego haga que lean el texto restante.
4. Charla sobre la estrategia: úsela para ayudar a los estudiantes mientras leen.
   - Prepara tu boca
   - Mira la foto
   - Piensa: ¿tiene sentido?
   - Piensa: ¿se ve bien?
   - Piensa: ¿suena bien?
   - Desmenúzalo buscando una parte que conozcas
5. Léalo de nuevo.
6. Después de leer el libro, complete las actividades que aparecen abajo.

Área de contenido
Vocabulario
Utilice palabras del glosario en una frase.

góndola
metros
minicarros motorizados
sillas de ruedas
teleférico
tren elevado

Después de leer:

Actividad de comprensión y extensión

Después de leer el libro, trabaje en las siguientes preguntas con su hijo o estudiantes para comprobar su nivel de comprensión de lectura y dominio del contenido.

1. ¿Qué es el transporte? Menciona algunos ejemplos *(Haga preguntas)*.
2. ¿Cómo ayuda el transporte a la gente? *(Resuma)*.
3. ¿Alguna vez has utilizado un taxi? ¿Qué tipo de taxi era? *(Texto para conectar con uno mismo)*.
4. ¿Por qué la gente usa tantos tipos de transportes cuando viaja a sitios lejanos? *(Infiera)*.

Actividad de extensión

Mira el libro y elige un país que te gustaría visitar. Piensa ahora cómo viajarías a ese país. Haz una lista de todas las opciones de transporte que tengas. ¿Cuál te llevaría más rápido al país? ¿Cuál es el más lento? ¿Cuál sería el más divertido?

¿Qué es viajar? Viajar es la forma en que vamos de un lado a otro.

India

Los niños viajan a la escuela de distintas maneras. Algunos caminan, algunos montan bicicletas, otros van en autos o autobuses. ¡Algunos van incluso en trineo! ¿Cómo vas a la escuela?

África

América del Norte

Estados Unidos

América del Sur

Europa

África

Asia
India

Australia

Estados Unidos

SCHOOL BUS

Cuando te mueves dentro de un edificio, puedes caminar o montar en una escalera mecánica, un ascensor o incluso en un pasillo mecánico.

Los **minicarros motorizados** especiales y las **sillas de ruedas** están hechas para personas que necesitan ayuda para moverse. Pueden utilizarse adentro o afuera.

Rusia

América del Norte

Inglaterra

Rusia

Europa

Asia

Estados Unidos

África

América del Sur

Australia

Estados Unidos

Inglaterra

En las grandes ciudades, muchas personas usan transporte público. **Metro,** tren ligero, autobuses, teleféricos y trenes elevados son tipos de transporte público en los que mucha gente viaja junta.

Estados Unidos

Algunas personas contratan taxis para que las lleven a lugares. Algunos taxis son autos. Algunos son barcos. Otros son carros tirados por animales. Algunos son carretas impulsadas por una persona montada en una bicicleta.

América del Norte

Europa

Asia

Vietnam

Estados Unidos

Italia

América del Sur

África

Australia

Italia

Vietnam

América
del Norte

Europa

Asia

India

África

México

América
del Sur

Tailandia

Australia

México

Los niños y las niñas que no viven en una
ciudad pueden viajar montando en animales.
Pueden montar a caballo, camello, burro
o incluso en elefante.

India

Tailandia

Francia

La gente puede viajar a las cumbres de las montañas en una **góndola** o en un **teleférico**.

América del Norte

Europa

Asia

Francia

África

Estados Unidos

América del Sur

Australia

Rumanía

América del Norte
Polonia
Europa
Asia
Rumanía
América del Sur
África
Australia

La gente puede bajar a minas en toboganes de madera o en una góndola subterránea.

Polonia

Algunas personas viajan largas distancias. Pueden ir a otras ciudades, estados o países. Los trenes, aviones y barcos a menudo llevan a gente lejos de casa. ¿De cuántas maneras viajas de un lado a otro?

Glosario fotográfico

 **góndola:** una cabina o recinto para pasajeros.

 **metro:** tren que por lo general circula en vías subterráneas.

 **minicarros motorizados:** autos de tamaño infantil, con motores, que son arreglados para que un niño con una discapacidad pueda moverse de un lugar a otro.

sillas de ruedas: sillas con ruedas. Algunas son movidas a mano y algunas por motores.

teleférico: transporte que circula por el aire a través de un cable.

tren elevado: un tren de ciudad que por lo general circula en vías por encima de las calles.

Índice analítico

Sitios web (páginas en inglés)

www.momsminivan.com/bigkids.html

www.kids-world-travel-guide.com

www.wartgames.com/themes/transportation.html

Demuestra lo que sabes

1. ¿A dónde irías para ver un tren elevado?
2. Menciona tres formas en que los niños pueden ir a la escuela.
3. Nombra dos tipos de vehículos que usan las personas a menudo cuando van lejos.

Sobre la autora

J. Jean Robertson, también conocida como Bushka entre sus nietos y muchos otros niños, vive con su esposo en San Antonio, Florida. Se jubiló después de muchos años de enseñanza. Le encanta leer, escribir libros para niños y viajar. Ha viajado a varios países interesantes.

¡Conoce a la autora! (Página en inglés). www.meetREMauthors.com

© 2018 Rourke Educational Media

www.rourkeeducationalmedia.com

PHOTO CREDITS: Cover: © Isaak, Jeremy Richards; Title Page: © fishwork; Page 3: © Susan Chiang; Page 4: © Davor Lovincic; Page 5: © Valentin Casarsa, Maciej Bledowski; Page 6: © Monkey Business Images; Page 7: © Carsten Reisinger, dlewiss33; Page 8: © Maria Pavlova; Page 9: © Christoper Futcher; Page 10: © FotografFFF, Davel5957; Page 11: © George Clerk; Page 12: © Cristian Baitg Schreiweis; Page 13: © Oleg Zhukov, Piter Hason; Page 14: © Enrique Silva Del Val; Page 15: © Bartosz Hadyniak, Yuri Arcurs; Page 16: © Kisa Markiza; Page 17: © Raymond C. Roper; Page 18: © PhotoProdra; Page 19: © Eunika Sopatnicka; Page 20: © Maria Pavlova; Page 21: © 06photo

Editado por: Keli Sipperley

Diseño de tapa e interiores por: Tara Raymo

Traducción: Santiago Ochoa

Edición en español: Base Tres

Library of Congress PCN Data

Todo el mundo viaja / J. Jean Robertson

(Un mundo pequeño para todos, en todas partes)

ISBN (soft cover - spanish) 978-1-64156-027-6

ISBN (e-Book - spanish) 978-1-64156-105-1

ISBN (hard cover)(alk. paper) 978-1-63430-366-8

ISBN (soft cover) 978-1-63430-466-5

ISBN (e-Book) 978-1-63430-563-1

Library of Congress Control Number: 2015931703

Printed in China, Printplus Limited, Guangdong Province